GUÍA DE LECTURA

Escrita por Mélanie Ackerman
Traducida por Laura Soler Pinson

Los tres mosqueteros

de Alejandro Dumas

ResumenExpress.com
GUÍA DE LECTURA
Cincuenta sombras de Grey
por E.L. James

ALEJANDO DUMAS

ESCRITOR FRANCÉS

- **Nacido en 1802 en Villers-Cotterêts (Francia)**
- **Fallecido en 1870 en Puys (Francia)**
- **Algunas de sus obras:**
    - *Pauline* (1838), novela
    - *Los tres mosqueteros* (1844), novela
    - *El conde de Montecristo* (1844-1845), novela

Alejandro Dumas (1802-1870), al que a menudo se designa como «padre» para distinguirlo del hijo, es un escritor francés cercano al Romanticismo. Hijo de un general de origen afroantillano, comienza a trabajar desde muy joven antes de iniciarse en la escritura. Cosecha el éxito muy rápidamente con sus vodeviles y sus dramas históricos. Escribe entonces una cantidad impresionante de obras, entre las que destacamos *Enrique III y su corte* (1829) o *Kean o desorden y genio* (1836). Pero es su serie de frescos históricos la que lo catapulta a la posteridad, en particular la trilogía de *Los tres mosqueteros*, de 1844, o *El conde de Montecristo*, del mismo año.

LOS TRES MOSQUETEROS

ITINERARIO DE UN MOSQUETERO QUE PASA A SER FAMOSO

- **Género:** novela
- **Edición de referencia:** Dumas, Alejandro. 2013. *Los tres mosqueteros*. Traducido por Mauro Armiño. Madrid: Alianza Editorial
- **Primera edición:** 1844
- **Temáticas:** cárcel, fuga, venganza, injusticia

Los tres mosqueteros es la obra más famosa de Alejandro Dumas. Publicada en un periódico en 1844 en folletines, *Los tres mosqueteros* es la primera parte de una trilogía ideada por el escritor. En este primer volumen, seguimos la evolución de d'Artagnan, joven gascón que llega a París y se une a los mosqueteros del rey.

La novela es todo un éxito: el número de tiradas del periódico aumenta cuando se publica la obra y el relato acaba editándose en un solo volumen.

RESUMEN

CAPÍTULOS 1-10

D'Artagnan, un joven gascón, llega a París en 1625. Hace su primera aparición en un universo nuevo. Tiene un altercado con Rochefort, a quien volverá a encontrarse después, y sufre su primera humillación en presencia de Milady. Más tarde, este provinciano es recibido por el señor de Tréville, capitán de los mosqueteros, que acepta que d'Artagnan se les una, pero no le puede conceder el título hasta que no haga campañas con ellos.

El primer encuentro con los mosqueteros no deja presagiar una buena relación, puesto que d'Artagnan se gana la enemistad de Athos, Porthos y Aramis en apenas unos minutos. Se produce un primer combate contra los hombres del cardenal, desencadenado por una antigua disputa que mantiene enfrentados a la guardia del rey y a la del cardenal (Richelieu era prelado y hombre de Estado francés, 1585-1642). D'Artagnan empieza a entender que las intrigas son algo habitual. Cuando se entera de que la señora Bonacieux, una dama de la reina Ana de Austria (1601-1666), ha sido secuestrada por Rochefort, se propone encontrarla y la salva de una ratonera.

CAPÍTULOS 11-19

D'Artagnan sorprende a la señora Bonacieux en compañía del duque de Buckingham, y la mujer lo lleva ante la reina. El joven descubre que todas las personas que ha conocido desde su llegada a París están interconectadas por secretos amorosos o políticos. Rochefort le revela al cardenal que la reina le ha entregado al duque de Buckingham los herretes que el rey le había regalado, y el prelado urde un plan para que Luis XIII (rey de Francia, 1601-1643) organice un baile en el que la reina deba llevar los herretes.

CAPÍTULOS 20-24

Los mosqueteros y d'Artagnan se ponen en camino hacia Londres para recuperar los herretes que la reina le ha ofrecido al duque de Buckingham. Cuando d'Artagnan llega (los mosqueteros se quedan finalmente en Francia), el duque constata que faltan dos de los doce herretes. Este se da cuenta de que este imprevisto desgraciado está causado por Milady, que se acercó a él en un baile anterior y tuvo la oportunidad de sustraerlos. Buckingham manda hacer una copia de los herretes que faltan y organiza el regreso de d'Artagnan a Francia. Empieza el baile, la reina no tiene los herretes y el rey le pide que vaya buscarlos. El cardenal aprovecha el momento para presentarle al rey los dos herretes que Milady le ha hecho llegar para revelar ante todos la traición de la reina. Esta reaparece ataviada con los doce herretes. La señora Bonacieux fija por escrito un encuentro con d'Artagnan, quien no se da cuenta de que ella intenta tenderle una trampa. Espera en vano y, al final, se pone en camino para reencontrarse con sus tres compañeros.

CAPÍTULOS 25-32

Unos días después, los cuatro amigos se reúnen en París.

Cuentan con dos semanas por delante para prepararse para la campaña de Su Majestad. D'Artagnan se percata de que Milady estaba al tanto del encuentro que supuestamente había concertado la señora Bonacieux antes de que partiera y, por lo tanto, también sabía del segundo secuestro de esta última. Tras un duelo con lord de Winter, corteja a su hermana, Milady, y la visita todos los días.

CAPÍTULOS 33-40

Cuando d'Artagnan descubre que la emisaria del cardenal, Milady, no alberga sentimientos por él, y que incluso lo odia, jura que se vengará. Se hace pasar por el hombre al que Milady ama, se cuela en su habitación y se une a ella en la oscuridad. Tras esto, le confiesa a Milady la mentira y descubre su secreto: está marcada con una flor de lis, que es la marca que el verdugo le ha dejado. Le ofrecen a d'Artagnan entrar en la guardia del cardenal, pero rechaza la propuesta.

CAPÍTULOS 41-46

Los mosqueteros llegan a La Rochelle para el asedio que enfrenta Francia, a través del cardenal Richelieu, e Inglaterra y, en particular, Buckingham. D'Artagnan casi muere a manos de un hombre enviado por Milady, pero vence y se encuentra con sus compañeros. Los mosqueteros se dirigen al albergue de Colombier-Rouge por su seguridad. En la habitación, los mosqueteros escuchan a través de la tubería de la estufa la conversación del cardenal con Milady en la habitación de encima. Durante este encuentro, Richelieu ordena a su emisaria que asesine a Buckingham, y ella pide a cambio que se deshaga de la señora Bonacieux y de su amante d'Artagnan. Tras estas revelaciones, los mosqueteros actúan con rapidez. Aramis y Porthos se van con Richelieu, mientras que Athos, que reconoce en Milady a su exmujer, le amenaza con revelar todo lo que sabe sobre ella si no le devuelve la firma en blanco que el cardenal le ha proporcionado. Milady se pone manos a la obra al día siguiente y se va de Francia con destino a Inglaterra con el objetivo de matar al duque.

CAPÍTULOS 47-58

Los mosqueteros necesitan juntarse sin levantar las sospechas del cardenal. Así, deciden defender un bastión para poder celebrar su consejo. En la reunión, se toma la decisión de escribir al hermano de Milady para desvelarle los deseos de su allegada, y a la señora Chevreuse, cortejada por Aramis, para que le pregunte a su amiga, la reina, donde se encuentra la señora Bonacieux.

Cuando Milady llega a Inglaterra, es apresada por lord de Winter, a quien habían avisado los mosqueteros. Esta situación no dura mucho, puesto que Milady hace uso de su astucia y seduce al guardia con su charlatanería hasta que este la ayuda a escapar.

En una respuesta a la misiva enviada a la señora Chevreuse, d'Artagnan se entera de que la señora Bonacieux se encuentra en el convento de Béthune.

CAPÍTULO 59

El soldado al que Milady ha seducido, conmovido por las

historias que esta le ha contado, quiere vengarla matando a Buckingham. Lord de Winter llega demasiado tarde para salvar al duque, pero a tiempo para arrestar al asesino.

CAPÍTULOS 60-62

Llegados a este punto, los mosqueteros deben darse prisa para reunirse con la señora Bonacieux. Milady, por su parte, también se dirige hacia el convento de Béthune. Cuando llega, logra entrar en el hogar de las carmelitas y sustrae sutilmente información de la abadesa.

Esta le presenta a la señora Bonacieux. Milady entabla conversación con ella hasta que reconoce a su interlocutora, y lleva tan lejos su mentira que la mercera de la reina piensa que está hablando con una aliada. Milady se entera así de que los mosqueteros están en camino para reunirse con la señora Bonacieux.

CAPÍTULOS 63-64

Milady huye tras envenenar el vaso de la señora Bonacieux. Cuando d'Artagnan se presenta, su amante está moribunda, pero tiene la fuerza suficiente para hablarle de su amiga, la condesa de Winter. Lord de Winter también llega al lugar, y se suma a la lista de personas que quieren ver muerta a Milady: Athos y d'Artagnan, además de él mismo. Todos deciden castigarla y parten, acompañados por un hombre misterioso que Athos ha traído.

CAPÍTULOS 65-67

La pequeña compañía, guiada por los lacayos, llega a una casa aislada donde se esconde Milady. Todos acuerdan que debe ser juzgada. Cada uno la acusa por sus crímenes y pide la pena de muerte. El hombre misterioso, que resulta ser el verdugo que la ha marcado en el hombro, se la lleva para poner fin a sus días.

EPÍLOGO

Cuando el rey regresa a París, a d'Artagnan se le otorga el grado de mosquetero y cada uno prosigue su camino.

ESTUDIO DE LOS PERSONAJES

D'ARTAGNAN

El héroe del folletín está basado en un personaje histórico, Charles de Batz-Castelmore, conde de Artagnan (1610-1673), al que se le dedica una obra que Alejandro Dumas había leído antes de escribir *Los tres mosqueteros*.

El perfil de este joven gascón que llega a París aparece en las primeras páginas de la novela. Se le describe comparándolo con el personaje de Don Quijote y de una forma muy estereotipada.

¿SABÍA QUE...? DON QUIJOTE

Don Quijote es el famoso héroe de la novela epónima de Cervantes (escritor español, 1547-1616). Por primera vez en la literatura (1605), el personaje principal de una novela no responde a las características que se esperan de él. No tiene la envergadura de un héroe y, sin embargo, incluso hoy en día tiene en vilo a muchos lectores. Don Quijote es un antihéroe: es ingenuo e idealista. Ha leído demasiados relatos de caballería y cree que está salvando el mundo a lomos de su vieja montura, Rocinante, acompañado por su fiel escudero, Sancho Panza, al atacar, en particular, unos molinos de viento pensando que son gigantes.

A lo largo de todo el relato, d'Artagnan acompaña a los

mosqueteros y se forma para ser guardia del rey. Cuando tiene lugar la ejecución de Milady, está decidido a vengar a la señora Bonacieux, a quien amaba. Su formación como mosquetero llega entonces a su fin.

D'Artagnan representa al Estado moderno francés, que empieza con el asedio de La Rochelle, y a una nueva generación de hombres.

ATHOS

Encarna los valores de la vieja aristocracia y, por lo tanto, adopta una actitud reaccionaria. Para incrementar la relevancia del personaje, Dumas le da antepasados importantes.

Athos es el mosquetero más recurrente en el relato de Dumas, puesto que para d'Artagnan representa un modelo, un padre simbólico. Sin embargo, al igual que los demás mosqueteros, no solo tiene cualidades. Su tendencia al juego y al alcohol nos muestra la visión que Dumas tiene de la sociedad que lo rodea: se están perdiendo los grandes valores de la nobleza.

ARAMIS

Este es el mosquetero que se muestra más distante con d'Artagnan. No se nos describe demasiado, lo que hace de él un personaje más discreto y más difícil de entender. El lector es informado de que Aramis muestra un cierto interés por la religión y por la señora Chevreuse. En la correspondencia que ambos mantienen, él le revela información importante para enfrentarse al adversario.

PORTHOS

Se nos presenta como un personaje con una cierta simplicidad: es el menos inteligente de los mosqueteros y, de alguna manera, conserva el espíritu infantil. En la novela, siempre está dispuesto a ayudar, es querido por la mayoría y se alegra fácilmente.

Porthos busca el reconocimiento, el prestigio. A través de este personaje, Dumas retrata a una burguesía ávida de poder.

MILADY

Milady es el personaje femenino más importante de la historia. Aparece ya en el primer capítulo e interviene en el desenlace del relato, que acaba con su ejecución a manos de los mosqueteros. A pesar de que se la describe físicamente al principio del libro, Milady sigue siendo un personaje misterioso. El lector descubre sus secretos a lo largo de la novela.

Desde un punto de vista psicoanalítico, encarna la figura de la madre incestuosa, puesto que mantiene una relación con su hijo simbólico, d'Artagnan.

Acostumbra a presentarse como el personaje malvado, pero Milady encierra matices: por una parte, d'Artagnan abusa de ella; por otra, muere asesinada, sin más juicio que el de sus víctimas. Estos elementos llevan al lector a una visión de la «mala» más rica en contrastes.

CONSTANCE BONACIEUX

Esta otra figura materna es un personaje ficticio, imaginado totalmente por Dumas. Mercera de Ana de Austria, es también la esposa del señor Bonacieux, casero del joven d'Artagnan. Es secuestrada y, más tarde, es salvada por el futuro mosquetero, que queda prendado de ella.

Encarna a la buena madre: al morir asesinada (envenenada por Milady) antes de iniciar una relación con d'Artagnan (su hijo simbólico), evita una relación incestuosa que habría alterado esta dulce imagen.

CLAVES DE LECTURA

EL FOLLETÍN

Con *Los tres mosqueteros*, Dumas se lanza en el género del folletín, que se basa en el principio del «continuará en el próximo número». La obra de *Los tres mosqueteros* se publica en el periódico *Le Siècle*, de marzo a julio de 1844.

Durante los años 1830-1840, el folletín tuvo un éxito rotundo gracias al desarrollo de la prensa y de los grandes periódicos. Los autores, a los que se les pagaba por línea, elegían este modo de publicación por los beneficios que podían obtener.

La publicación es este formato implica algunas reglas que encontramos en la novela de Dumas:

- el autor debe escribir cada día una unidad de ficción que sea autónoma, pero que a la vez esté en continuidad con los episodios pasados y futuros;
- como se le paga por líneas, el autor escribe de más y compone obras largas: el estilo resultante es lo contrario a sobrio;
- dado que tiene que redactar a diario y con suma rapidez, el autor recurre de manera regular a los clichés, a los estereotipos y a un imaginario común para eludir desarrollos extensos. Por la misma razón, prefiere frases simples que le permitan evitar una búsqueda sintáctica;
- la duración de la publicación obliga al autor a recordar lo que ha sucedido con anterioridad. La novela incluye, por

lo tanto, una serie de redundancias.

UNA OBRA QUE SE SITÚA EN EL CRUCE DE VARIOS GÉNEROS

Los tres mosqueteros es un folletín, género particular que Dumas aprovecha al máximo jugando con las expectativas de los lectores. Por una parte, crea suspense mientras esperan hasta la próxima publicación y, por otra parte, juega con los códigos de los géneros literarios:

- la estructura del relato en episodios diarios nos recuerda a la novela picaresca, que cuenta las aventuras de un joven de baja condición. Sin embargo, este tipo de obras, formado por una sucesión de desplazamientos y de historias, relata aventuras inconexas entre ellas. Esto no es lo que ocurre en *Los tres mosqueteros*, donde se nos presenta una serie de acontecimientos que se suceden;
- Dumas también nos hace pensar que su texto podría ajustarse a la categoría de novela histórica, cuando lo cierto es que *Los tres mosqueteros* se toma licencias con respecto a la realidad. El autor se inspira de personajes históricos para hacerles vivir aventuras que jamás conocieron. De algunos, como Porthos, solo conserva el nombre y les da una nueva apariencia y una personalidad diferente. Las primeras líneas del relato tienen como objetivo revestir de veracidad los acontecimientos que se nos presentan a continuación. El autor propone un marco que da una sensación de verdad histórica: un momento, un lugar y referencias a la realidad. Eso sí, Dumas deja rápidamente a un lado la historia con mayúsculas para concentrarse en

las aventuras apasionantes de los mosqueteros;

- a lo largo del relato, el lector descubre igualmente las aventuras sentimentales de los mosqueteros. Está en su derecho de esperar, con respecto a d'Artagnan, una intriga amorosa con la dulce Constance Bonacieux. Sin embargo, ve su gozo en un pozo, puesto que esta relación jamás se materializa y porque, además, el joven gascón abusa de Milady. Estos numerosos vuelcos permiten a Dumas desligarse de la novela sentimental.

- finalmente, podría parecer que el género que mejor se adapta a *Los tres mosqueteros* es la novela popular. Pero una vez más, Dumas se las ingenia para que su obra no responda a todas las características de esta categoría. Uno de los rasgos de la novela popular tradicional es presentar largos diálogos interrumpidos por indicaciones. Dumas prioriza, sin embargo, escenas más dinámicas.

ALGUNOS PROCEDIMIENTOS NARRATIVOS DEL FOLLETÍN

Dado que la publicación es diaria y se hace por entregas, Dumas tiene que seducir al lector para que siga el relato y compre el periódico del día siguiente. Por esta razón, una de sus preocupaciones es la del confort del lector. Esto se observa en varias decisiones:

- el ritmo del relato es a la vez variado y cíclico. Dumas alterna momentos de acción («paroxismos») y escenas más tranquilas («latencias»): los tiempos muertos anuncian la acción, la acción se desarrolla y sigue a continuación una nueva escena más pausada, y así sucesivamente. Por ejemplo, el episodio de los mosqueteros en el que defienden un bastión constituye un tiempo muerto que nos prepara para los siguientes episodios y, en concreto, para la muerte de Buckingham. A este momento de acción le sigue, de nuevo, un tiempo muerto en el que se nos relata el camino hasta el convento donde se encuentra la señora Bonacieux. Esta fase le deja tiempo al lector para que asimile el acontecimiento y lo prepara para la siguiente acción, la muerte de la señora Bonacieux. Este procedimiento se emplea a lo largo de toda la novela y tiene como objetivo preparar al lector;

- de manera paralela a este movimiento, puede decirse que la narración está dominada por las escenas, en perjuicio de las descripciones. Una escena consiste en una equivalencia entre la duración de la acción y el tiempo de narración. El diálogo es el mejor ejemplo de la escena: el tiempo necesario para que se desarrolle el diálogo corresponde al que hace falta para contarlo en el libro. Dumas, en su elección, se rige por la eficacia: este principio le permite tener en vilo al lector y, a la vez, guiarlo. Así, puede presentarle primero una acción y a continuación recordársela a través de un diálogo, por ejemplo. Se nos recuerda el episodio con una forma narrativa diferente. Debemos señalar que las escenas se encuentran, por lo general, en los momentos de acción, mientras que las descripciones se ajustan más a los momentos más pausados.

ÉXITO Y CRÍTICA DE LA OBRA

Muchos consideran *Los tres mosqueteros* como un relato

entretenido que un niño podría leer. Sin embargo, los comentarios que hemos efectuado más arriba demuestran que estamos ante una obra compleja. Dumas utiliza códigos para disuadirlos con más facilidad. Esto nos da una pista de su ingenio.

Esta sensación de entretenimiento que uno siente cuando lee el relato beneficia y perjudica por igual al autor:

- por una parte, la obra ha pasado a la posteridad y todo el mundo conoce a estos cuatro amigos, que se enfrentan a Milady y a los guardias del cardenal Richelieu;
- por otra parte, parece que pocos críticos se interesan en el texto. Desgraciadamente, a pesar de su riqueza, *Los tres mosqueteros* no reciben tantos honores como cualquier obra de Balzac (escritor francés, 1799-1850).

En 1844, este folletín tiene una buena acogida. Su publicación en un volumen certifica este éxito, puesto que solo los folletines que influían en la tirada de los periódicos gozaban de esta segunda vida. El destino de la novela dependía de su éxito: si los lectores seguían las aventuras publicadas, la historia continuaba; si el relato no contaba con el apoyo del público, se acortaba para dejar el sitio a otro.

Esta realidad implicaba que los autores utilizaran algunas estrategias. Así, hemos dicho que Dumas recurría sobre todo a los estereotipos. Esto le permitía apelar rápidamente a la imaginación del lector, que se identificaba con los personajes. Al sentirse cercano a ellos, deseaba saber cómo continuaban las aventuras y compraba el periódico en el que aparecía el texto publicado.

PISTAS PARA LA REFLEXIÓN

ALGUNAS PREGUNTAS PARA PROFUNDIZAR EN SU REFLEXIÓN...

- Dumas recurre con frecuencia a los clichés en *Los tres mosqueteros*. Dé algún ejemplo.
- ¿Podríamos pensar que a través de esta novela, que se desarrolla en el siglo XVIII, el autor está describiendo en realidad la sociedad que lo rodea en el siglo XIX?
- Ya desde las primeras líneas del relato, se compara a d'Artagnan con Don Quijote. ¿Cuál es en su opinión el papel de este paralelismo?
- ¿De dónde viene la oposición entre el éxito de la obra entre el público y el menosprecio de los críticos con respecto a ese éxito?
- ¿Cómo se explica el gran éxito de los folletines a partir de 1840? ¿Piensa que este tipo de publicación tendría éxito hoy en día? Justifique su respuesta.
- Varios personajes de la novela pueden, en principio, ser catalogados como buenos, mientras que otros estarían en la lista de los malos. Pero, ¿cree que los personajes están tan definidos? Justifique su respuesta.
- Dominique Fernandez, autor de un ensayo sobre Dumas, ha comentado: «Para mí, Dumas es comparable a Balzac y a Hugo [escritor francés, 1802-1885], y quería que la gente lo supiera»[1]. ¿Qué puede responderse a esto tras la lectura de las aventuras de los mosqueteros?

---

1. Cita traducida por ResumenExpress.com

- ¿Podría encontrar puntos en común entre un folletín como *Los tres mosqueteros* y las series de televisión de hoy en día?

PARA IR MÁS ALLÁ

EDICIÓN DE REFERENCIA

- Dumas, Alejandro. 2013. *Los tres mosqueteros*. Traducido por Mauro Armiño. Madrid: Alianza Editorial.

ESTUDIOS DE REFERENCIA

- Biet, Christian, Jean-Paul Brighelli y Jean-Luc Rispail. 1986. *Alexandre Dumas ou les aventures d'un romancier*. París: Gallimard, colección *Découvertes Gallimard*.
- Dumaspere.com. "Alexandre Dumas. Deux siècles de littérature vivante". Consultado el 31 de octubre de 2010. http://www.dumaspere.com
- "Le Dossier: Alexandre Dumas ". *Le Magazine littéraire*. Septiembre de 2002, n.º 412, p. 22-65.
- "Le Dossier: Alexandre Dumas ". *Le Magazine littéraire*. Febrero de 2010, n.º 494, p. 50-83.
- Wagner, Franck. 2002. "Lire *Les Trois Mousquetaires* aujourd'hui ". *Romantisme*, vol. 1, n.º 115, p. 53-63.

ADAPTACIONES

Los tres mosqueteros son míticos. Las adaptaciones son muy numerosas y adaptan libremente la obra de Dumas. Algunos episodios y personajes son imprescindibles, pero otros han caído en el olvido. Entre las múltiples adaptaciones, citaremos:

- *Los tres mosqueteros*. Dirigida por Stephen Herek, con Kiefer Sutherland, Charlie Sheen y Julie Delpy. Austria, Estados Unidos: Walt Disney Pictures, 1993.
- *Los tres mosqueteros*. Dirigida por Paul W. S. Anderson, con Orlando Bloom y Milla Jovovich. Alemania, Francia, Reuni Unido: Constantin Films, Summit Entertainment, Entertainment One, 2011.

EN RESUMENEXPRESS.COM

- Guía de lectura de *El conde de Montecristo* de Alejandro Dumas.

ResumenExpress.com

www.resumenexpress.com

ISBN ebook: 9782806280008

ISBN papel: 9782806282491

Depósito legal: D/2016/12603/259

Cubierta: © Primento

Libro realizado por <u>Primento</u>, *el socio digital de los editores*